DISCOURS

PRONONCÉ

PAR

M. CASIMIR DELAVIGNE,

LE JOUR DE SA RÉCEPTION

A L'ACADÉMIE FRANÇAISE;

SUIVI

DE LA RÉPONSE DE M. AUGER.

A PARIS,

CHEZ LADVOCAT, LIBRAIRE
DE S. A. R. Mgr LE DUC DE CHARTRES,
PALAIS ROYAL, GALERIE DE BOIS, N° 195;
BARBA, LIBRAIRE, DERRIÈRE LE THÉATRE FRANÇAIS, N° 51.

1825.

DISCOURS

DE

M. CASIMIR DELAVIGNE,

ET

DE M. AUGER.

DISCOURS

PRONONCÉ

PAR

M. CASIMIR DELAVIGNE,

LE JOUR DE SA RÉCEPTION

A L'ACADÉMIE FRANÇAISE;

SUIVI

DE LA RÉPONSE DE M. AUGER.

A PARIS,

CHEZ LADVOCAT, LIBRAIRE

DE S. A. R. Mgr LE DUC DE CHARTRES,

PALAIS ROYAL, GALERIE DE BOIS, N° 195.

BARBA, LIBRAIRE, DERRIÈRE LE THÉATRE FRANÇAIS, N° 51.

1825.

DISCOURS

DE

M. CASIMIR DELAVIGNE.

Messieurs,

Un mois avant la perte que l'Académie Française vient de faire dans la personne de M. le comte Ferrand, cet ami des lettres désira me connaître, et la demande d'un vieillard fut un ordre pour moi. Plusieurs d'entre vous qui m'ont vu sur les bancs du collége, et qui ont voulu, dans leur bienveillante amitié, que leur élève devînt leur confrère, m'avaient souvent entretenu de l'assiduité de M. le comte Ferrand à vos séances. Je savais quelle part il prenait à vos travaux ; la tribune retentissait de ses paroles ; admis à la confidence journalière du prince, d'autres devoirs le trouvaient infatigable. J'imaginais qu'une activité si constante prenait sa source dans cette force de corps, dans cette jeunesse prolongée de quelques vieillards, pour qui le temps semble s'arrêter, comme s'il voulait aussi rendre hommage à de hautes vertus et à des talents peu communs, ou qu'il sentît une sorte de regret à détruire ce qu'il ne peut faire oublier.

Quelle fut ma surprise à la vue d'un vieillard faible, infirme, aveugle, et qui, déja mort dans une portion de lui-même, paraissait ne plus tenir à la vie que par la volonté forte de vivre encore! Je trouvai dans son accueil cette bonté facile dont vos entretiens m'avaient appris à connaître tout le charme. Son ame encore brûlante se répandait dans ses discours, comme pour plaire à une imagination qu'il supposait pleine d'ardeur et d'illusions : il me parlait de mes ouvrages en ami qui n'en veut point voir les défauts, de mon avenir comme s'il nous appartenait à tous deux ; il ne m'appelait point à lui, il se faisait jeune pour venir à moi. Dans l'excès d'une bienveillance inquiète, il concevait des craintes sur la destinée d'un jeune

homme dont les sentiments pouvaient, à quelques égards, différer des siens; il essaya de me
montrer la vérité où il la voyait lui-même : il
conseillait avec douceur, mais avec une sorte
d'empire; car il y a toujours quelque chose
d'absolu dans la chaleur d'une opinion com-
battue et dans l'expérience d'un âge avancé.
Je l'écoutais avec respect, et si je le quittai
sans être persuadé, ne vous en prenez point
à son éloquence : n'est-il pas, j'en appelle à
vous-mêmes, des sentiments intimes dont la
racine, trop avant dans le cœur, ne peut s'en
arracher; des convictions impérieuses de la
conscience qu'on ne peut secouer sans perdre
l'estime des autres et ce qui est le premier
besoin de toute ame généreuse, l'estime de
soi-même?

M. le comte FERRAND n'aurait exigé de personne un sacrifice que personne n'avait obtenu
de lui; l'intolérance est le dévouement de ceux
qui ont beaucoup d'erreurs à faire oublier.
Pour moi, surpris d'une telle indulgence dans
une conviction si fervente, ému par tant de
force morale dans une si extrême faiblesse,

j'emportai de cet entretien un souvenir profond : j'avais appris jusqu'à quel point l'intelligence peut régner sur ces débris de l'homme qu'elle défend contre la destruction : des yeux qui ne voyaient plus brillaient encore de tout le feu de la pensée : des mains qui cherchaient les objets s'agitaient encore de ce mouvement énergique dont l'éloquence parle aux regards et vient au secours d'une voix défaillante. Il était vrai pour moi qu'une ame vigoureuse reste libre et entière dans un corps que les infirmités enchaînent, et que le temps a mutilé. Par la seule force de sa volonté, elle transporte où il lui plaît cet esclave réduit à l'obéissance, le soutient quand il chancelle, le fortifie par les travaux qui devraient l'affaiblir : lutte imposante, où la douleur se tait, où la nature paraît faire effort contre elle-même, où la mort hésite, et semble craindre, en achevant sa victoire, de perdre le spectacle d'une héroïque résistance.

De tous les sentiments qui exerçaient, sans l'épuiser, l'activité de cette ame ardente, l'amour des lettres fut le plus puissant. Dans

la jeunesse de M. le comte FERRAND, cette passion lui servit comme d'un délassement à des
études austères; plus tard, elle le consola dans
l'infortune, et, pour dernier bienfait, le pro-
tégea contre la mort. Voilà ce que les Muses
ont fait pour lui; rappelons ce qu'il a fait pour
elles. L'éloge de sa vie politique n'appartient
point à cette tribune; c'est l'homme de lettres
que vos suffrages m'appellent à remplacer;
qu'un plus éloquent parle de ses actions, je
vous entretiendrai de ses ouvrages.

Plusieurs tragédies, fruit de ses loisirs, sont
conçues avec sagesse, écrites avec pureté. Douces études, nobles peintures de héros et de malheurs imaginaires, il fut arraché à vos fictions
par des désastres véritables, par une tragédie
réelle et plus sanglante. Qu'aurait-il inventé
d'aussi imposant que ce spectacle? Un roi sans
couronne, une famille auguste dans l'exil, em-
pruntaient de leur infortune même une majesté plus touchante. Un prince qui avait com-
battu sous les drapeaux de la France passait
du champ de bataille dans un obscur collége,
et demandait aux lettres, sans rien perdre de

sa dignité, l'appui qu'il devait leur rendre un jour, sans rien ravir à leur indépendance. Sur quel théâtre s'étaient succédé des scènes plus sublimes ou plus déchirantes? Inspiré par sa douleur, M. le comte Ferrand paya un tribut éloquent à la mémoire d'une princesse, fille de tant de rois, et dont les vertus étaient plus royales encore que la naissance; il sentit qu'il ne pouvait orner ce sujet sans l'affaiblir, et fut moins orateur qu'historien. Le génie de Bossuet aurait suffi sans doute à l'oraison funèbre de madame Élisabeth; mais qu'aurait-il ajouté à la majesté d'une telle vie, à l'horreur d'une telle mort? Il y a de ces actions dont la grandeur est en elles-mêmes; et pour qu'elle leur reste toute entière, on ne les loue pas, on les raconte.

Après une révolution qui avait tout détruit et tout recréé, M. le comte Ferrand dut éprouver une sorte de malaise au milieu d'un monde inconnu. Ses premières années, celles dont on se souvient toujours, il les avait passées dans une de ces demeures qui semblent encore garder l'empreinte des antiques vertus et des vieilles

habitudes parlementaires. Malgré l'ardeur inquiète de son esprit, il s'était accoutumé à tout
ce qu'il y a de régulier et de stable dans la loi,
dont il fut long-temps l'organe. Aussi l'an-
cienne France avec son ordre établi, ses dis-
tinctions marquées, avec l'autorité de ses institutions consacrées par des siècles, lui appa-
raissait-elle sans cesse au milieu de la France
nouvelle; aussi n'avait-il d'admiration que pour
l'immuable : une progression vers le mieux
entraînait un changement; tout changement
lui semblait une secousse, on eût dit que les
commotions violentes l'avaient dégoûté même
du mouvement. Sous l'influence de ces idées,
il écrivit la Théorie des révolutions. Dans cet
ouvrage, de vastes connaissances sont unies à
des vues souvent profondes; mais peut-être l'auteur exige-t-il trop évidemment de l'histoire
qu'elle se plie à sa pensée dominante : il force
toutes les révolutions du monde à déposer
contre une seule, tous les siècles contre un
moment, et ne fait plus, si j'ose mêler une
critique à mes éloges, qu'un ouvrage de circonstance sur l'univers.

C'est dans l'Esprit de l'Histoire que M. le comte FERRAND s'élève, plus que dans aucun autre de ses écrits, à la hauteur de son talent; voilà sans doute le plus beau de ses titres à l'honneur qu'il eut de siéger parmi vous : partout ici de graves instructions, des faits enchaînés avec art, des conséquences déduites avec force; partout un amour de la monarchie qui n'exclut point dans l'auteur un respect profond des libertés politiques et religieuses. Que puis-je ajouter à cet éloge? si ce n'est que, dans aucun de ses ouvrages, M. le comte FERRAND n'a cédé à ce besoin de satisfaire toutes les opinions, dont l'effet le plus ordinaire est de n'en contenter aucune. Loin de lui ces précautions dont on enveloppe sa pensée jusqu'à l'étouffer, pour la rendre supportable aux autres. Ce n'est point un de ces timides esprits qui n'ont de franchise que pour la moitié de la vérité, et se travaillent sans cesse à courtiser le lecteur par quelque demi-sacrifice. C'est un vieil ami de bonne foi qui aime mieux lui déplaire que le flatter.

Qu'il me soit permis d'examiner, dans ce

sanctuaire des lettres, quelle est, sur les ouvrages de l'esprit, l'influence de cette bonne
foi avec soi-même et avec le lecteur, de cette
conscience en littérature. Buffon l'a dit, Messieurs, dans son éloquent discours à vos de-
vanciers, c'est elle qui donne au style tout son
effet, au génie toute sa chaleur et sa piquante
originalité; d'une phrase échappée à ce grand
écrivain peut naître un discours utile. Je n'en-
tends pas seulement ici par conscience, ce
respect pour le public, qui ne laisse pas sortir
de vos mains ce que vous sentez indigne de
vous et de lui. Sans doute, un goût délicat de-
vient en nous comme un remords qui nous
tourmente et nous force de corriger les défauts que notre paresse ou notre vanité en ré-
volte avait long-temps défendus. Rien d'en-
tièrement beau, je le sais; rien qui porte en
soi le caractère de la perfection et de la durée,
sans cette patience que Buffon appelait le génie, et qui, n'en est, je crois, que la moitié :
mais aussi rien de puissant sur la raison ou sur
les cœurs, sans une conviction courageuse qui
est la conscience de l'écrivain. Elle peut nous

égarer sans doute, parce qu'elle agit d'autant plus violemment au dehors qu'elle est en nous plus passionnée. Mais n'est-ce pas une preuve irrécusable de son pouvoir, qu'elle soit encore, même dans celui qui se trompe, un moyen de tromper les autres? Puisqu'elle donne à l'erreur un triomphe passager, que ne fera-t-elle pas pour la vérité, qui est éternelle? Mais si elle nous manque, si l'intérêt la tient captive au fond de nos cœurs, ou si la crainte la fait taire, en vain serions-nous doués de qualités éminentes, en vain l'étude aurait-elle ajouté à ces dons de la nature. Rappelons-nous cette loi d'Athènes qui frappait de mort tout citoyen assez faible pour ne pas embrasser un parti; c'est contre nos écrits qu'elle a son application rigoureuse. Condamnés à leur naissance, ils portent la peine de notre faiblesse. Comme nous ne saurions leur communiquer une ame que nous n'avons pas, nous n'enfantons que des productions sans vie, que des paroles d'une élégance froide et morte, que des cadavres, que des ombres.

Une hésitation continuelle dans l'auteur produit l'indécision dans les autres; comment le croire, s'il n'a pas l'air de se croire lui-même? On se défie de ceux qui cherchent à déguiser leur pensée ; l'on plaint ceux qui n'ont pas le courage de la dire : il arrive même qu'on leur préfère l'homme médiocre, mais convaincu, parce qu'on trouve en lui je ne sais quoi de hardi et de vrai qui a au moins le charme du naturel. Ne cherchez point des armes contre moi dans la philosophie douteuse de Montaigne; l'attrait irrésistible qui nous ramène sans cesse à ce livre de bonne foi, n'est-il pas la sincérité? Il y a peut-être quelque audace à examiner quand tout le monde croit. Et d'ailleurs, quelle conviction de cœur pour de hautes vérités! quel amour de la vertu! que d'horreur des préjugés qui torturent la vie et qui enlaidissent la mort! quel sentiment exquis des jouissances de l'amitié! Mais je m'aperçois trop tard que, par cet éloge de Montaigne, je vous rappelle une voix qui vous est chère et qu'une souffrance momentanée condamne au silence; je m'arrête, vos souvenirs seraient plus éloquents que mes paroles.

Cette conscience, qui vous plaît jusque dans le doute et vous rend la médiocrité tolérable, concevez-la unie à l'audace d'un esprit décidé, à un jugement sain, à une imagination forte et mobile; maîtresse d'une belle ame, qu'elle y parle en souveraine, tout haut et sans crainte, du génie elle reçoit sa force, il reçoit d'elle son empire : il faut que tout se soumette à l'écrivain armé de cette double puissance. Négligé, incorrect même, il a un langage qui n'est qu'à lui. Quels que soient ses écarts, il marche seul au milieu de la foule; il lui est donné de faire haïr ce qu'il hait, de faire aimer ce qu'il aime, d'entrer de vive force dans les cœurs, où il excite des ravissements d'enthousiasme, et d'attacher une ineffable jouissance au sentiment même de sa supériorité dont il les accable. Enfin, il jouit du seul privilége qui ait quelque chose de divin, celui de régner par la pensée, et de donner, après Dieu, une ame à ceux qui l'écoutent. Il est lui-même; il se réfléchit dans ses ouvrages, et c'est là le secret de ses triomphes. Qu'on ne dise pas que les principes des grandes inspirations s'épuisent et ne sauraient se reproduire à l'infini sous des formes toujours nouvelles : communs à tous, ils vous deviennent propres par l'originalité qu'ils empruntent de votre nature; et, diversement affectés, c'est en restant vous-mêmes que vous ne ressemblez à personne. Ainsi brillent à la fois d'un éclat différent ces éloquences que nous voyons triompher tour-à-tour dans nos débats politiques, soit par cette franchise guerrière et cette énergie de l'ame dont les élans nous entraînent, soit par l'irrésistible ascendant d'une raison plus froide, ou par ce coloris presque involontaire de l'expression qui trahit encore dans l'orateur l'imagination du grand écrivain. Ainsi, piquante et ingénieuse quand elle prononce ses jugements sur Louis XIV, l'histoire, qui change de ton en changeant d'interprète, raconte avec un intérêt plus grave les sanglants démêlés de Gènes et de Venise. Rien n'est épuisé; j'en atteste cette foule de productions heureuses qui ont enrichi notre siècle : la tyrannie domestique trouvant sa punition dans son excès; l'avarice châtiée par l'élégante raillerie de l'auteur du Trésor; la dignité paternelle éloquemment vengée dans les deux Gendres; j'en prends à témoin les tableaux plus naïfs d'un héritier de Lesage, qui semble dans une double carrière vouloir faire oublier que l'auteur de Gil Blas et de Turcaret a aussi manqué à votre gloire. Quoi de plus nouveau que cette conquête faite sur l'histoire par la comédie? Nous avons vu la conjuration de Pinto nous présenter dans les petites causes les ressorts cachés des grands événements, et nous conduire, à travers la foule des incidents comiques, à la plus imposante catastrophe qui puisse changer la face d'un empire. Après toutes les séductions de Zaïre, la magie des noms français n'a-t-elle pas prêté un charme inconnu au grand-maître des chevaliers du Temple et au jeune Marigny? Déja fière d'avoir opposé Paul et Virginie aux plus douces fictions de la pastorale chez tous les peuples, la religion n'a-t-elle pas lutté avec gloire contre tous les souvenirs épiques d'un amour malheureux, lorsqu'elle s'est assise entre Eudore et Velléda sous les forêts des Druides.

Ah! quand votre gloire le proclame, qu'il

me soit permis de le croire dans l'intérêt de
cette génération naissante à laquelle je m'ho-
nore d'appartenir, il est encore possible de
créer pour qui vuet rester fidèle à sa nature.
Ces innovations dont le besoin tourmente tous
les esprits, et que semble appeler une littérature enrichie et comme fatiguée par tant de
chefs-d'œuvre, c'est au théâtre qu'elles ont surtout leurs triomphes et leurs dangers. Sur cette
mer tant de fois et si glorieusement parcourue,
on ne peut rien découvrir sans s'exposer aux
orages. Là aussi, Messieurs, s'il m'est permis
de rappeler une fiction poétique, là s'élève ce
génie des tempêtes dont parle Camoëns ; il arrête, il épouvante le jeune poète qui se sent
prédestiné aux hasardeuses entreprises ; il lui
montre les écueils, il lui nomme les nochers
malheureux, il lui raconte les naufrages : « Tu
« t'égares ; ne tente pas des routes nouvelles :
« tout finit à cet horizon où ta vue s'arrête.
« Au-delà de cette limite, plus d'astres pour te
« guider, plus de flots pour te soutenir ; rien
« que le naufrage et l'abîme. » Mais qu'impor-
tent ces effrayantes prophéties, si le génie du

poëte le précipite malgré lui dans les hasards!
dût-il se perdre, il s'ouvrira des chemins, il
affrontera les écueils, au risque de s'y briser;
si l'horizon qui le presse ne peut le contenir,
pour se faire de l'espace, il en franchira les
bornes. Il attachera son nom à quelques ré-
gions ignorées jusqu'à lui; et, comme les
mondes réels, ces terres inconnues ne date-
ront leur existence que du jour de leur décou-
verte.

Mais à travers tant de périls, qui peut nous
conduire à cette gloire objet idéal de toutes
les ambitions en littérature? Une religieuse conscience, une audace réglée par la raison. Rai-
sonnables avant tout, marchons ensuite avec
indépendance, sans céder aux opinions exclu-
sives, sans nous soumettre en aveugles aux
théories qui veulent devancer l'art et qui ne
doivent venir qu'après lui. Quel génie créateur
se révoltera contre les formes anciennes pour
s'en laisser prescrire de nouvelles? ce ne serait
que changer de servitude. Le mépris des règles
n'est pas moins insensé que le fanatisme pour
elles. Quand d'imposantes beautés peuvent jus-

tiffer nos écarts, c'est aimer l'esclavage, c'est immoler la vraisemblance à la routine, que de presser notre sujet dans des entraves qu'il repousse. Mais s'affranchir des règles pour se faire singulier, lorsque l'action dramatique les comporte, c'est chercher son triomphe dans une servile concession aux idées du moment, et le pire des esclavages est celui qui joue la liberté. Admirateurs ardents de Sophocle, sachons donc admirer Shakespeare et Goëthe, moins pour les reproduire en nous, que pour apprendre en eux à rester ce que la nature nous a faits. Quel que soit le parti littéraire qui nous adopte ou nous rejette, cherchons le vrai en évitant la barbarie ; sans confondre la liberté avec la licence, obéissons aux besoins d'un sujet dont le développement nous emporte : mais ne nous attachons pas au char d'un écrivain fameux, pour nous faire traîner à la réputation sous sa livrée. Ce qui est vrai en lui est faux en nous ; ce qui le jette hors des rangs nous confond avec la foule. Soyons nous-mêmes ; nos idées et nos sentiments sauront se revêtir en naissant de couleurs inusitées, et voilà l'originalité véritable. Celle qu'on cherche ailleurs n'est qu'une imitation plus ou moins docile, que la pâle copie ou la caricature bizarre de l'originalité d'autrui. N'oublions pas surtout que le premier devoir de l'écrivain est le respect pour la langue. Chez tous les peuples, elle a ses qualités comme ses défauts qui la distinguent, et voulût-on la corriger ou l'enrichir, on ne peut lui faire violence sans dénaturer son caractère national. La langue française, si rigoureuse dans ses aversions, ennemie impitoyable de toute obscurité, est la plus universelle et la plus calomniée; elle n'admet, il faut l'avouer, que les hardiesses qui se cachent; elle n'accepte que les dons qu'on lui déguise : mais Corneille et Racine ont prouvé qu'au théâtre il n'est point de hauteurs inaccessibles pour elle, point d'humbles familiarités où elle ne puisse descendre; et la plus singulière des innovations, la création de toutes la plus sublime et la plus inattendue, serait encore d'écrire comme eux.

Ainsi, Messieurs, la pureté du langage et la candeur dans l'expression de la pensée don-

nent aux ouvrages de l'esprit ce charme qui
en établit d'abord les beautés originales, et
cette vérité qui les fait vivre toujours. Mais,
pour que les tableaux soient fidèles, pour que
les vices du siècle s'y montrent sans voile, et
que la tragédie, plus sincère, devienne une re-
présentation animée de l'histoire, les lettres
réclament l'appui d'une liberté sage. Que d'espérances n'avons-nous pas droit de fonder sur
cette protectrice naturelle de tout ce qui se
rattache à la dignité humaine ? La première
pensée du monarque fut pour elle; nous la
verrons, à l'ombre de cette puissance auguste,
ouvrir une plus noble carrière aux travaux de
l'imagination, un champ plus vaste aux jeux
du théâtre. Affranchie de ses entraves, puisse-
t-elle répondre à ce bienfait d'un petit-fils de
Louis XIV par quelques-uns de ces immortels
ouvrages, non moins glorieux au génie qui les
enfante, qu'au prince assez grand pour en
jouir et les protéger. Avec les acclamations du
peuple, qu'elle lui porte les hommages des arts,
les vœux reconnaissants des lettres! Au milieu
des fêtes d'un nouveau règne, il a voulu l'as-

socier aux pompes de sa puissance, pour mêler un éclat durable à tant de magnificences
passagères. Ah! qu'elle soit l'ornement solide
de son trône, qu'elle en soit à jamais la déco-
ration vivante, comme dans ces solennités où,
sacrée avec lui, elle s'est mise, devant Dieu et
devant les hommes, sous la garde de ses ser-
ments!....

RÉPONSE

DE

M. AUGER.

Mᴏɴsɪᴇᴜʀ,

J'ᴀɪ encore ici des regrets à exprimer, et je n'ai pas de consolations à promettre. Les honneurs de l'Académie devaient vous être faits par un orateur habile, que chacun va nommer, quand j'aurai dit qu'après avoir cueilli toutes les palmes promises à l'enfance studieuse, on le vit s'élancer en un instant du banc de l'élève à la chaire du professeur, pratiquer avec un égal succès l'art d'enseigner et celui d'écrire, remporter dans les concours académiques les victoires les plus belles et les plus disputées, et bientôt, dans la première de nos écoles, attirer en foule à ses éloquentes leçons une jeunesse à la fois étonnée et ravie d'avoir pour maître celui qu'elle avait naguère pour condisciple. Le plus jeune des académiciens prosateurs eût accueilli, au nom de cette compagnie, le plus jeune des académiciens poètes; et les deux grandes divisions de l'empire des lettres eussent été, pour ainsi dire, représentées dans cette solennité, par deux écrivains qui en seraient l'espoir, s'ils n'en étaient déja l'honneur. Pourquoi faut-il renoncer au spectacle qu'eût offert cette touchante association? Un mal, dont les suites seraient trop douloureuses pour nous-mêmes, puisqu'elles borneraient ou du moins ralentiraient les travaux de l'historien de Cromwell et de Lascaris; ce mal, qui n'aura sans doute causé que des alarmes passagères, éloigne en ce moment M. Villemain de la chaire où il jette tant d'éclat, de ce fauteuil qu'il occuperait si dignement. L'Académie a paru désirer qu'une première fois son organe dans cette séance, je demeurasse chargé du soin de vous recevoir. Ce soin que me rend si difficile l'attente frustrée de ceux qui nous écoutent, je l'ai accepté avec résignation, sacrifiant l'amour-propre au devoir, et trop heureux si, à défaut des preuves de talent, des preuves nombreuses de zèle peuvent m'être comptées pour quelque chose. Le temps m'a manqué pour préparer la réponse que j'ai à vous faire. Elle sera courte : c'est le seul dédommagement qu'il soit en mon pouvoir de vous offrir.

Monsieur, une circonstance glorieuse a marqué votre élection, c'est la presque unanimité de ces suffrages qui se sont réunis en votre faveur du premier coup et sans la plus légère hésitation. Il faut sans doute l'attribuer principalement au nombre et à l'éclat de vos succès; mais il est juste aussi d'y voir un fait honorable pour l'Académie elle-même. Rien n'est plus propre à démontrer que ces tristes dissentiments qui divisent la société, n'exercent point leur fâcheuse influence sur nos votes, nos décisions toutes littéraires. Vous vous en convaincrez, Monsieur, chaque fois que vous vous associerez à nos travaux. Des discussions paisibles et polies, nulle trace de l'odieux levain des partis, toujours le ton de la bienveillance et de la cordialité, voilà ce que vous verrez dans l'Académie. Comment n'en serait-il pas ainsi? Plusieurs de nous sont unis entre eux par des amitiés longues et éprouvées; heureux supplément des attachements personnels, l'esprit de confraternité lie tous les autres; et ceux-là mêmes que l'opinion, souvent trompée, veut apercevoir sous des enseignes différentes, s'étonnent, en se rapprochant, d'avoir pu croire qu'ils étaient divisés.

L'académicien à jamais regrettable dont vous allez occuper la place, était un des liens les plus doux et les plus forts à la fois, par qui s'était formée et se maintenait cette union de nos sentiments, de nos volontés. Son caractère calme et conciliant, sa raison droite et impartiale, l'autorité de son âge, de ses lumières, de ses emplois passés, de ses dignités présentes, tout, jusqu'à ces infirmités cruelles qui inspiraient une pitié respectueuse, tout lui donnait sur nos esprits, comme sur nos cœurs, un empire auquel nul n'essayait de se soustraire. Le plus exact d'entre nous, ses absences étaient trop rares pour n'être pas toujours remarquées, et elles n'avaient jamais pour cause que son exactitude même à remplir d'autres devoirs plus impérieux. Du siége où l'enchaînaient ses maux, il ne pouvait venir à nous, nous allions à lui ; il ne pouvait nous voir, nous lui faisions entendre des voix qui lui étaient connues ; il nous répondait avec bonté ; nous l'écoutions avec respect, et nous admirions cette vie de l'ame, qui semblait s'être enrichie et fortifiée de toutes les pertes du corps.

Je laisserai, comme vous, Monsieur, à la biographie, à l'histoire, le soin de retracer la conduite parlementaire et la vie politique de M. Ferrand. Comme vous, je ne veux m'occuper que de l'écrivain : encore me vois-je forcé par le temps de passer sous silence une foule d'écrits enfantés par l'ardeur de son zèle, comme magistrat ou comme publiciste, et de ne jeter qu'un coup d'œil rapide sur de vastes compositions, dont chacune exigerait un long examen.

L'Esprit de l'Histoire produisit une vive sensation, et il a laissé un profond souvenir. Il apparut à l'époque où la révolution, épuisée par ses propres excès, allait, pour dernier effort, enfanter le despotisme qui devait l'anéantir. Cet ouvrage, où les annales de tous les peuples sont interrogées pour déposer du danger des bouleversements politiques, et pour révéler les moyens propres à en réparer les maux, ainsi qu'à en empêcher le retour, fut regardé par ceux-ci comme leur acte d'accusation, par ceux-là comme leur phare dans la crise dernière et décisive d'une horrible tempête. Les censures et les louanges répondirent aux craintes des uns et aux espérances des autres : elles furent également passionnées. Quelques-uns n'avaient voulu voir, dans les quatre tomes de *l'Esprit de l'Histoire*, que la longue préparation, et, pour ainsi dire, l'enveloppe prudemment épaissie d'un conseil qui n'osait se produire à découvert. L'auteur, en effet, semblait, à plusieurs reprises, proposer le rôle de Monck à un homme qui se sentait assez fort pour s'emparer du trône, et qui était peu sensible à la gloire de le rendre. L'invitation fut mal accueillie : M. Ferrand fut insulté par des écrivains dévoués au pouvoir qui s'élevait ; et un an s'était à peine écoulé, qu'un avénement fameux vint lui apprendre comment on profitait de ses avis.

Le zèle de M. Ferrand ne fut point refroidi par cet échec ; il ne cessa pas pour cela d'enseigner aux peuples et aux rois ce qu'ils ont à faire pour détourner le fléau des révolutions, ou pour en arrêter les ravages. Il était convaincu profondément qu'une usurpation ne remédie pas ou ne remédie que temporairement aux calamités causées par le renversement de l'autorité légitime ; que tôt ou tard elle est renversée elle-même par une usurpation nouvelle qui succombe sous une autre à son tour, et que le rétablissement du pouvoir ancien peut seul mettre un terme à cette série de catastrophes sanglantes qui s'engendrent les unes les autres. Dans l'*Esprit de l'Histoire*, cette verité sortait, comme conséquence, de l'exposition des faits. Dans la *Théorie des Révolutions*, elle est démontrée par le raisonnement, et les faits viennent à l'appui. Ces deux ouvrages, dont la différence est celle de la pratique à la spéculation, eurent une fortune diverse. L'*Esprit de l'Histoire* avait précédé d'une année l'usurpation qui semblait vouloir donner un démenti à tous ses résultats; plus heureuse, la *Théorie des Révolutions* parut immédiatement après la restauration qui venait de donner une nouvelle sanction à tous ses principes.

Celui-là, Monsieur, tomberait dans une erreur bien grave, qui penserait que M. Ferrand fut, en aucun temps, favorable au pouvoir absolu. S'il donna quelquefois des regrets à un régime dont les parlements faisaient partie, c'est que ces grands corps de magistrature, rempart de la royauté contre les agressions populaires, étaient plus souvent encore la digue qui arrêtait les entreprises de l'autorité sur les droits de la nation, ou qui du moins les rendait plus difficiles; et M. Ferrand ne pouvait oublier que lui-même, siégeant sur les lis, avait, en une circonstance mémorable, opposé une résistance courageuse aux volontés du pouvoir royal, exprimées par le monarque en personne. Il ne tint pas à lui que la révolution ne fût sans cause, sans prétexte même, et que la France n'en recueillît les bienfaits, sans avoir à en subir les malheurs et les crimes. Avant qu'elle éclatât, il avait conseillé au malheureux roi qui en fut la plus déplorable victime, de donner à son peuple ces mêmes institutions que nous avons achetées au prix de tant de sang répandu sur les échafauds et dans les combats. M. Ferrand vécut assez pour voir l'accomplissement de ses vœux; et il eut le bonheur, il eut la gloire d'y contribuer. Il n'est ignoré de personne qu'il fut un de ceux par qui fut rédigée la loi fondamentale où nos libertés sont écrites. Le roi législateur l'avait appelé des premiers à ses conseils, et souvent il l'admettait en particulier auprès de sa personne. De quoi s'entretenaient ces deux sages vieillards, que le goût des lettres et l'amour du bien public pouvaient seuls distraire de leurs infirmités? De quoi, si ce n'est des moyens de calmer les passions, de concilier les partis, de réparer les injustices; enfin, d'assurer et de maintenir dans leurs justes limites les prérogatives du trône et les franchises du peuple?

Sage partisan de la liberté civile, M. Ferrand était surtout un zélateur ardent de l'indépendance nationale; mais, exempt de ce patriotisme étroit et faux, qui croit trouver sa grandeur dans l'abaissement universel, ce qu'il voulait pour son pays, il le voulait aussi pour tous les autres. C'est ce généreux sentiment qui lui inspira l'*Histoire des trois démembrements de la Pologne*, ouvrage où éclate toute l'indignation d'une ame honnête et sensible contre ces trois puissances, ces trois grands aigles du Nord, qu'on vit, à plusieurs reprises, associés pour la proie, et toujours prêts à s'entre-déchirer pour le partage, fondre sur la malheureuse patrie des Sarmates, la mettre en pièces, et en dévorer à l'envi les lambeaux sanglants.

Un ouvrage touchant de votre prédécesseur, l'*Éloge historique de madame Élisabeth*, vous a fourni, Monsieur, l'occasion de payer

un pieux tribut à cette princesse, à cet ange
de vertu, de candeur et de bonté, dont le
meurtre fut le plus inconcevable excès du
délire sanguinaire qui frappa tant de victimes
innocentes. Vous avez tout dit en peu de
mots sur ce lamentable sujet ; et je craindrais
d'affaiblir vos paroles, si j'essayais de les ré-
péter. Je me contente, en passant devant cette
tombe sacrée, de la saluer avec respect, et
d'y déposer une nouvelle offrande de ma douleur.

A la force de méditation qui fait les philo-
sophes et les publicistes, M. Ferrand joi-
gnait la vivacité d'imagination qui fait les
poètes. Passionné pour l'art de Corneille et
de Racine, les instants qu'autrefois il déro-
bait aux laborieuses fonctions de la magistrature, il les employait à retracer en vers des
catastrophes dignes du cothurne; et il ne
croyait pas même déroger à la sévère dignité
de la toge, en représentant lui-même, devant
un parterre d'amis, quelques-uns des héros
qu'avait enfantés sa muse. Quatre tragédies,
le *Siége de Rhodes*, *Zoaré*, *Philoctète* et *Al-*

fred, furent les fruits de ses loisirs. Je craindrais trop, Monsieur, de juger après vous ces productions d'un art où vous avez brillé; mais comment pourrais-je ne pas profiter du seul avantage que j'aie sur vous, en rappelant ces séances particulières de l'Académie, où j'ai entendu M. Ferrand nous réciter, d'une mémoire ferme et d'une voix touchante, son *Philoctète*, moins sévère, moins correct, moins savamment travaillé qu'une autre imitation plus célèbre du chef-d'œuvre de Sophocle, mais, j'ose le dire, plus brillant, plus animé, plus abondant surtout en pensées nobles et en sentiments pathétiques? Quand il exprimait les incurables douleurs du fils de Pœan, notre pensée se reportait involontairement sur celles dont il était lui-même la proie; et, par une illusion trop facile à concevoir, le chantre et le héros se confondaient à nos yeux.

Les délassements de M. Ferrand, Monsieur, ont été vos travaux; ce qui fit son plaisir a fait votre gloire. Les jeux brillants du théâtre furent votre première passion, et une tragédie le premier essai de votre plume. Je ne l'ai

point oubliée, cette tragédie de *Polyxène*,
qu'un enfant lut un jour en ma présence.
Elle était au-dessus de votre âge alors si ten-
dre, autant que lui sont supérieures à elle-
même les productions de votre maturité pré-
coce. Un tel phénomène ne pouvait manquer
d'attirer sur vous les regards et les bontés
d'un homme, que les soins d'une grande ad-
ministration laissaient sensible aux plaisirs de
l'esprit, et qu'on voyait alors rassembler sous
son abri protecteur une colonie de jeunes
écrivains, moins bien traités de la fortune
que de la nature, que le prix d'un léger tra-
vail affranchissait des soucis de l'existence.
L'auteur de l'*Essai sur l'art d'être heureux* lui
dut aussi de doux loisirs. Lorsqu'en ce moment je remercie, au nom des lettres, celui
qui mérita bien d'elles en vous favorisant
tous deux, je seconde, j'en suis sûr, le plus
impérieux penchant de vos ames; et, dans
ma bouche, l'éloge le plus flatteur de vos
talents vous toucherait bien moins que cette
expression de votre propre reconnaissance.

Les *Vêpres Siciliennes* furent le premier ou-

vrage par lequel votre nom devint un nom
public. Elles furent à la fois l'inauguration
d'un nouveau théâtre et d'une nouvelle re-
nommée. Un grand acte de vengeance, un
grand assassinat commis sur toute une armée
par tout un peuple, était écrit en lettres de
sang dans l'histoire. Votre muse jeune et har-
die ne recula pas devant ce sujet plein de difficultés et d'écueils. Il fallait intéresser des
Français à des étrangers qui égorgèrent leurs
ancêtres ; il fallait aussi que les victimes, dignes de leur sort, fussent pourtant dignes
de pitié. Ces deux conditions étaient indis-
pensables, et elles paraissaient peu compati-
bles : vous les avez conciliées avec un art in-
dustrieux et sage qu'on eût admiré dans un
auteur mûri par l'âge et la pratique du théâtre. Ces principes d'éternelle justice qui sont
gravés dans tous les cœurs, et que n'en sauraient effacer les préventions nationales, nous
mettent du parti des Siciliens opprimés, hu-
miliés, blessés par nos mœurs déja légères ;
et toutefois cette valeur brillante des oppres-
seurs, cette sécurité généreuse et fière, ce

mépris du danger, ce dédain de la vengeance,
tout conspire à nous les faire plaindre, admirer et chérir : nous nous reconnaissons en
eux ; nous sommes presque fiers d'une infortune qu'ils auraient peut-être évitée, s'ils
avaient pu se résoudre à la mériter davan-
tage.

Notre muse tragique avait déja visité plus
d'une fois les rives du Gange : vous l'y avez
conduite à votre tour, non pour y transporter
avec elle les caractères, les passions et les
mœurs de l'Europe, mais pour lui faire in-
terroger avec soin, et peindre avec vérité, les
croyances, les préjugés et les habitudes im-
muables de l'antique Indostan. Vous l'avez
fait pénétrer jusqu'au fond de ce sanctuaire
où un vieillard, près de sa tombe, cache les
ennuis de sa divinité viagère, et voit d'un œil
jaloux les plaisirs obscurs des simples mortels
qui l'encensent. Votre composition, d'un genre
neuf, brille surtout par de savants contrastes.
A côté de ces prêtres si fiers de leur céleste ori-
gine et de cette piété sanguinaire dont ils
exercent sur eux-mêmes les plus cruelles tor-

tures, vous avez placé deux de ces hommes abhorrés du ciel et de la terre, dont la rencontre, l'attouchement, l'aspect seul est une souillure, et dont le meurtre est plus innocent que celui du plus vil insecte. Vous avez rapproché l'Hindou chargé d'anathème et le Lusitain frappé d'excommunication. Aux pieux scrupules d'une jeune prêtresse de Brama, vous avez opposé les terreurs religieuses d'un fervent adorateur du Christ. Les deux pères que vous avez mis en présence, sont également isolés du monde, l'un par l'horreur qu'il cause, l'autre par le saint effroi qu'il inspire. Celui-ci, endurci par le long exercice d'un despotisme sacré, immole sa fille à son ressentiment contre un guerrier qui a bravé sa puissance. L'autre, dénaturé par excès de tendresse, et intolérant à force d'avoir souffert, sacrifie son fils à sa haine contre une caste dont l'orgueil foule aux pieds sa race. Dans les récits, dans les tableaux, dans les chœurs surtout, votre style, enrichi de figures et d'expressions brillantes, semble emprunter l'éclat des cailloux précieux qu'enfantent les sables de Golconde, et réfléchir la lumière si pure du beau ciel de ces contrées.

Les exemples de poètes également favorisés de Melpomène et de Thalie sont fort peu nombreux; mais ils sont des plus illustres : c'est Corneille, c'est Racine, que nous avons à citer; et l'honneur de s'associer à eux est d'autant plus grand, qu'il a été ambitionné sans succès par Voltaire lui-même. La Muse de la comédie s'était moquée de toutes les professions : il lui restait à jouer ceux qui jouent tous les autres, et à obtenir, qu'à la fois modèles et copies, ils consentissent à se représenter eux-mêmes sur le théâtre. Molière (peut-on faire un pas dans le domaine comique sans rencontrer de ses traces?), Molière, dans l'*Impromptu de Versailles*, avait esquissé, en passant, quelques-uns de leurs plus légers travers, leur défaut d'exactitude ou d'empressement à se rendre aux répétitions, leurs dégoûts sans motif pour des rôles qui les avaient charmés sans sujet, leurs caprices soudains qui désespèrent un auteur ou désolent un chef de troupe. Mais vous avez agrandi le

tableau ; vous l'avez enrichi de tout ce qu'un
siècle et demi de fortune et d'enivrement a
dû ajouter aux prétentions, aux ridicules
des comédiens, à leurs étranges procédés en-
vers le public, les auteurs et leurs camara-
des même. Cet intérieur des coulisses et des
foyers, cette peinture des tracasseries et des
petites noirceurs de ceux qui les habitent,
ne comportait pas une action bien forte. La
vôtre est un peu légère sans doute; mais sur
cette trame déliée, dont les fils sont tendus
et croisés avec un art qui trompe sur leur
ténuité, quelle variété de figures originales
et de situations piquantes ! Quelle profusion
de traits fins et délicats ! Que d'esprit, de
malice et de goût dans vos plaisanteries ! Que
votre jeune poète est noble en son courroux
contre les comédiens ! Qu'il est sincère dans
son amour pour les lettres que peut seul éga-
ler son amour pour Lucile ! Qu'il est naïf,
intéressant à la fois et amusant dans ses joies et
ses douleurs si vives ! Ce rôle, on le sent, a
été fait avec complaisance, avec amour ! et,
par un motif que je laisse deviner, je serais

peu surpris qu'il fût l'objet de votre prédilec-
tion secrète.

Votre muse, Monsieur, semble se plaire
dans les entreprises hardies. Les difficultés
d'une position personnelle ne vous intimi-
dent pas plus que celles d'un sujet ; ou plu-
tôt on dirait que vous cherchez les unes et
les autres, afin d'en triompher. Débutant
dans la carrière dramatique, vous osez faire,
en riant, la guerre à ceux de qui va dépendre
le sort de vos ouvrages. Un peu plus tard,
sans vous embarrasser de votre âge encore
si éloigné des tristes années de l'expérience,
vous ne craignez pas de faire, plus grave-
ment, la leçon aux vieillards qui n'ont pas
mis à profit celle du temps. Tout vous a réus-
si, tout devait vous réussir, parce que vos
projets, conçus par l'audace, sont toujours
dirigés par la raison, et exécutés par le talent. La pièce des *Comédiens* peignait les
mœurs singulières d'une tribu, d'une petite
société qui vit à part au milieu de la grande ;
et par-là l'intérêt de votre ouvrage (cette
destinée lui est commune avec le chef-d'œu-

vre de la *Métromanie*) se trouvait presque circonscrit dans la sphère où vivent ceux qui fréquentent vos modèles. Dans la comédie de l'*École des Vieillards*, l'observation des mœurs découvre et nous fait voir un horizon beaucoup plus étendu ; ce n'est pas une exception, une variété que cette pièce décrit ; c'est une grande et intéressante partie des relations naturelles et sociales qu'elle embrasse : aussi son succès théâtral a-t-il été plus universel et plus prolongé. Que dirais-je du talent souple et nerveux, brillant et pur, qui éclate en cette nouvelle production ? Quels éloges ne seraient pas surpassés d'avance par cette vogue populaire, cette affluence toujours égale, ces applaudissements, ces acclamations qui semblent incessamment renaître d'elles-mêmes ? En cette occasion, le public a parlé trop haut, pour qu'après un tel concert, les efforts d'une voix isolée ne parussent pas superflus et presque ridicules.

Les quatre grands ouvrages dont vous avez enrichi l'une et l'autre scène, ne sont pas, Monsieur, vos seuls titres à la célébrité, aux honneurs littéraires. Pourrais-je ne pas rappeler ici ces chants de colère et de douleur où vous déploriez les maux que venait d'attirer sur la France l'ambition d'un homme, et que pouvait seul réparer le retour de l'antique famille de nos Rois? L'amour de la patrie et d'une sage liberté, la haine du joug étranger et des dissensions intestines, ces nobles sentiments qui vivent au cœur de tous les Français, vous ont inspiré de beaux vers dignes de Tyrtée ou de Simonide. De beaux vers, de nobles sentiments, c'est tout ce qu'il faut voir aujourd'hui dans vos élégies lyriques. A quoi servirait-il de revenir sur les traces d'un passé marqué par des divisions que le temps efface chaque jour? Ils sont heureusement loin de nous, les maux dont votre muse a gémi, et tous les biens les ont remplacés. La Victoire, un moment infidèle, est revenue sous nos drapeaux; la France est en paix avec le monde entier; la concorde est rentrée dans nos ames; le trône est affermi; le règne des lois est assuré, et un prince chéri a juré le bonheur de son peuple. La patrie n'a plus à demander aux maîtres de la lyre que des hymnes de bonheur, d'amour et de reconnaissance.

FIN.